तुम्हारे जाने के बाद

वाणी प्रकाशन

नयी दिल्ली-110002

फोन : 3273167, 3275710 • फैक्स : 3275710

e-mail : vani_prakashan@yahoo.com
vani_prakashan@mantraonline.com

तुम्हारे जाने के बाद

इन्दु सिन्हा

ISBN 81-7055-782-8

वाणी प्रकाशन
21-ए, दरियागंज, नयी दिल्ली-110 002
द्वारा प्रकाशित

प्रथम संस्करण : 2001

मूल्य : 100.00 रुपये

शुभम् ऑफसेट, दिल्ली-110 032
द्वारा मुद्रित

TUMHARE JANE KE BAAD
by Indu Sinha

उन्हें
जिन्होंने काव्य-सृजन की
प्रेरणा दी,
और किया सहयोग

समर्पित
आलोक, दीपक, सुमित
नीता, रूपा, रश्मि
एवं
डॉ. एच.एन. प्रसाद
को

अपनी बात

कविता मेरे लिए जीवनानुभव की वह मानवीय अभिव्यक्ति है जो जीवन को पहले से अधिक सुन्दर और प्रीतिकर बनाने की प्रेरणा देती है। जीवन में जो कुछ भी सहज और सुन्दर है वही मेरा काम्य है। मैंने जीवन को इसी सहज मानवीयता के साथ जिया है कदाचित् इसीलिए इस संघर्ष-संकुल समय में भी मैं स्थिर एवं शान्त जीवन जी रही हूँ। मैं जानती हूँ कि महत्त्वाकांक्षा मनुष्य को बड़ा बनाती है पर यह भी ज्ञात है मुझे कि वह मनुष्य को जितना जोड़ती है उससे अधिक उसके व्यक्तित्व को विखण्डित करती है। संसार में व्याप्त पीड़ा और संघर्ष मेरी चेतना को निरन्तर झकझोरते हैं किन्तु कविता की शीतल छाँह में क्षणांश के लिए ही सही विश्रान्ति पाकर संजीवनी शक्ति प्राप्त करती हूँ।

मेरे काव्य-सृजन की केन्द्रीय संवेदना स्वानुभूति और प्रकृति की निकटता से उत्पन्न जीवन की मार्मिक व्यंजना है।

कविता रचने की प्रथम प्रेरणा मुझे प्रकृति-दर्शन से मिली और यही कारण है कि मेरी कविताओं में प्रकृति किसी-न-किसी रूप में आ ही जाती है। इसीलिए प्रकृति मेरी जीवन-सहचरी ही नहीं काव्य-सहचरी भी है। निःसन्देह प्रकृति के संस्पर्श के बिना कोई भी कला सप्राण नहीं होती।

संग्रह को दो रूपों—गीत खण्ड एवं कविता खण्ड में बाँटने का कोई रचनात्मक उद्देश्य नहीं है। दोनों ही खण्डों में कविता की धारा प्रवाहित हो रही है। गीत भी कविता की ही एक विधा है। अतः कविता का कोई अर्थहीन विभाजन स्वीकार नहीं किया जा सकता। यह विभाजन केवल सुविधा के लिए किया गया है।

मेरी रचनाओं का यह प्रथम संग्रह सुधी पाठकों के संसार में निश्चय ही स्नेह अर्जित करेगा, ऐसा विश्वास है।

—इन्दु सिन्हा

अनुक्रम

एक बसन्त गीत

सरसों के फूलों की पीली-सी चादर ले
आज धरा झाँक रही वासन्ती द्वार से।
कमल-कली खिली-खिली पँखुड़ियाँ खोल रही
उड़ती सुगन्धों की मतवाली धूल रे।
लचकीली टहनी भी बौरायी आम की
भौंरों के गुंजन के रस की फुहार से।
फूले हैं लाल-लाल टेसू के फूल नए
देखकर कंटकित पीले बबूल हुए।
सूरज की चिट्ठी को बाँच रही स्वर्ण-किरण
सन्देशा भेजा है प्रीतम ने प्यार से।
यादों की पाँखों को खोल रहा मन-विहग
बिखर गए सात रंग लहक उठा अंग-अंग।
दूबों की फुनगी भी बिहँस उठी संग-संग
मोह रही हरियाली सोलह-सिंगार से।
कोयल की कू-कू ने पंचम स्वर साधा है
प्राणों को रागों के धागों से बाँधा है
प्यासा पपीहा भी पी-पी पुकार रहा
जागा मन वृन्दावन जाग उठी राधा है
स्पन्दित होता मन रूप-रस धार से।

अगहन का भोर

उतर गया अगहन का भोर अँगनाई
विरहा के गीतों को टेर रही पुरवाई।
ओस-धुली घासों पर चमकीली धूप,
पन्नी के दिन-सा है खिला-खिला रूप
महक रही बेला-सी मौसम की गरमाई।
मह-मह है महक रहा बथुए का साग
अम्माँ की लोरी-सा उसका है स्वाद
रुचती है सुबह-सुबह किरणों की पहुँनाई।

मेरा परिचय

भीड़ में भी मैं अकेली
जैसे जंगल में सुगन्धित हो चमेली।
चाँद की शीतल सुछवि हूँ
दीप की उज्ज्वल हँसी हूँ
साँझ की झुकती अलक-सी
बन गई मैं इक पहेली।
बादलों का शोर हूँ मैं
ओस भीगा भोर हूँ मैं
धूप की ऊष्मा नई ले
हो गई इतनी सजीली।
शुक्र तारा हूँ गगन का
फूल प्यारा हूँ चमन का
मोर पंखी रूप लेकर
आ गई जग में अकेली।

कुहरे में चन्दन वन

कुहरे में चन्दन वन मन का डूब गया
यादों की पुरवाई लेकिन बही नहीं।
हर डाली है ख़ाली-ख़ाली
    फूलों के आसार नहीं हैं।
    वन-उपवन है सूना-सूना
    लेकिन यह पतझार नहीं है।
तन-पलाश ले नया रंग फिर लहक गया
इसकी भाषा कभी किसी ने पढ़ी नहीं।
    सुख सपनों के मीत बहुत हैं
    जीवन में संगीत बहुत है।
    तन-तुलसी के चौरे-चौरे
    जलते-बुझते दीप बहुत हैं।
पर प्रकाश की एक किरण के लिए कभी
रातों की यह अमा किसी ने सही नहीं।
    ज्ञात मुझे यह एक मंत्र है
    प्रीत रुपहली, दर्द सुनहला।
    छाया जब पड़ गई दर्द की
    मन का दर्पण हो गया उजला।
मन का दर्पण कहता ही यह रहा सदा
परत धूल की इस पर देखो पड़ी नहीं।

आओ यह रात चाँद पर्व करें

आओ यह रात चाँद पर्व करें
बाँसुरी में फूटा मधुराग है।
निशिगन्धा देह तेरी सम्मुख है
आँखों में विस्तृत आकाश है।
    देख तेरे गंगाजल रूप को
    चौंधाई आँखें बौराया मन
    चाँदी के घुँघरू से बोल सुन
    सिहर उठा रोम-रोम सिहरा तन
    परस गई जीवनमयी धूप को
    हलकी रसवन्ती फुहार है।
चाँदनी के रजत पुष्प गूँथो
चाँद बात कहता अभिसार की
रात बात कहती मनुहार की
प्रात बात कहता रसधार की
तारों के घूँघट से झाँकता
अलसाया मेरा श्रृंगार है।

ओ किरण

सजीली किरण, ओ लजीली किरण
तुम कहाँ से चली हो रुपहली किरण
    रूपगन्धा, तुम्हारे नयन क्यों भरे
    आँख से क्यों तुम्हारे सपन ये झरे
    रूपसि क्यों डरी हो, डरा है गगन।
उत्सवा तुम हृदय में समाती रहो
प्रेम का यह मधुर गीत गाती रहो
क्यों बँधी चाँद से ही नशीली किरण
    रागिनी तुमसे फूटी हँसी दामिनी
    डोर थामे तुम्हारी चली चाँदनी
    टेर देती चलो तुम–अकेली किरण।
फूटा जो तुमसे वही प्रीत है
वही है नया राग नव गीत है
नए नभ की नूतन नवेली किरण।

फागुन गीत–एक

नव रस रंग लिए आई है
मधु ऋतु बन कर होली रे।
मन का उपवन लहराया है
तन भी तरु बन बौराया है
अंग-अंग शाखों से फूले
मसकी केसर चोली रे।
चादर किंशुक की ले ओढ़ी
बौरों की लेकर पिचकारी
डम्फ मंजीरे की रुनझुन ले
दौड़ी मधुकर टोली रे।
फागुन पाहुन बन कर आया
रंगों का बादल भी छाया
गाल गुलाल रँगे तन रंग से
पहुँची सब हमजोली रे।

फागुन गीत–दो

धरती ने पहनी है देखो
लाल चुनरिया फूलों की।
सात रंग के डोरे डाले
और लहरिया फूलों की।
टेसू के रंग से रँगी है
नई चदरिया फूलों की।
दूबों पर मँडराती तितली
सजी सेजरिया फूलों की।
बैरागी मन भी बौराया
देख उमरिया फूलों की
पाहुन बनकर फागुन आया
खो़ल किवड़ियाँ फूलों की।

एक भूल

एक भूल जीवन की
कहाँ-कहाँ ले गई
स्वप्न भरी आँखों में
अश्रु बीज बो गई।
सामने किनारा था
फिर भी हम डूब गए
चोटें तरंगों की
खा-खा हम ऊब गए।
रेत बना अँधियारा
सुबह कहीं खो गई।

चलो, अपने गाँव चलें

चलो, अपने गाँव चलें
ऊब गया गँवई मन
पत्थर के लोगों से
ज़हरीली साँसों से
गर्वीले बोलों से।
टेरता शिरीष सुमन
टेसू की छाँव चलें।
फूलों को बरसाएँ
पथरीले जीवन पर
रूप-गन्ध हर्षाएँ
पत्तों के यौवन पर
केसर की राहों पर
सपनों के पाँव चलें।
बादल का आँचल हो
झरने पिचकारी से
मिट्टी हो चन्दन-सी
फूटे रंग क्यारी से
धानों का झूमर ले
नदिया संग नाव चले।
मिट्टी का संवेदन
हम को पुकारता

होम धूम बन उसाँस
मंत्र-सा उच्चारता
भीनी भिनसार गन्ध
लिए अपने गाँव चले।

पावस गीत

बूँद-बूँद छलक रही सावन की गागरी
बादल का पत्ता झुक झूम-झूम डोलता
इन्द्रधनुष का विहंग पंख नए खोलता
शीतल जल परस लिए भींज रही साँवरी।
रेशमी फुहार में दूब घास चमक गई
झिलमिल श्रृंगार ले रात रानी महक गई
खिल-खिल कर बिहँस उठी फूलों की पाँखुड़ी।
नीम की निबौरी भी डाल रही मीठा रस
मेघों की रिमझिम में भर आया रिक्त कलश
बूँदों का घूँघट ले आई घर बावरी।
कजरी का राग और झूले का गीत है
यक्ष का सन्देशा है, पुरवाई प्रीत है
हरी-हरी फुनगी पर नाच रही किन्नरी।
सीपी शंख बाजूबन्द, चन्दन का अंग राग
कोयल के पंचम में जाग उठा है विहाग
बिजली की अल्पना से रंग गई देहरी।

सावन गीत

तुम आओ सावन आज गगन भर लें।
बोएँ सोना धान चमन घर कर लें।
बन-बाग़ीचे धूप ताप से
झुलसे, कुम्हलाए हैं प्यास से
दे दो जल का दान, आचमन कर लें।
प्यासे ताल, तलैया प्यासी
लिये बूँद की तड़प चातकी
दे दो स्वाती दान मगन मन कर लें।
प्यासी नदी, समुन्दर प्यासा
धरती का घट रिक्त हुआ-सा
दे दो अमृत दान नमन वह कर लें।
पंख समेटे मूक मयूरी
बिलख रही है भूली-बिसरी
दे दो घन को प्राण सघन वन कर लें।
फूलों में छाई व्याकुलता
झरी पँखुड़ी स्वप्न बिखरता
दे दो जीवन दान सपन वह भर लें।

गीत

यह अनोखा प्यार कैसा
    मैं समझती आज तक जीवन
    सरस मीठा सरल है
    प्यार के रंगीन डोरों में
    बँधा, प्रत्येक पल है।
इस मधुरतर ज़िन्दगी में
दर्द का शृंगार कैसा
    दूर नभ की शून्यता में
    प्यार मेरा खो रहा है
    प्राण मन का आज चेतन
    क्यों अचेतन हो रहा है
इस सुशीतल चाँदनी में
रूप का शृंगार कैसा
    चाँदनी का रूप प्यारा
    घेरता आकाश क्षण-क्षण
    देख कर यह रूपरेखा
    हो रहा मन आज उन्मन
नेह का सागर निकट है
कामना का ज्वार कैसा

गीत

दर्द का पाथेय लेकर
चल रहा जीवन युगों से।
याद है सावन की रिमझिम
याद है तारों की झिलमिल
याद है वह चाँदनी की रात
सुन्दर, मधुर स्वप्निल।
पर सिमटती साँझ-सा
खोया हुआ है मन युगों से।
फट गई है ज़िन्दगी की
वह सुनहरी-सी किताब
जिसमें था सोने-सा हर दिन
और थी चाँदी-सी रात
पर बिखरते पृष्ठ लेकर
रो रहा मन है युगों से।
ज़िन्दगी शूलों से निर्मित
ज़िन्दगी भूलों में अंकित
फूल भी बन शूल चुभते
और होता हृदय दंशित
इक ठहरती रात-सा सोया
हुआ है, मन युगों से।

गीत

तिमिर तप, जलन-ज्योति
वेदना मंगलमयी है।
    साँस साँस गाऊँ मैं उनको
    प्रीति-रूप पाऊँ मैं उनको
    अपने इस छोटे जीवन के
    और निकट लाऊँ मैं उनको
अर्चना के पुष्प अक्षत
साधना मंगलमयी है।
    आज मैं शृंगार कर लूँ
    चाँदनी से माँग भर लूँ
    किंकिणी तारों की बाँधूँ
    मधुर प्रिय की राह देखूँ
है निकट वह पन्थ उज्ज्वल
भावना मंगलमयी है।

गीत एक - रंग अनेक

दीप की जलन ले
प्रीति की अगन ले
ज़िन्दगी के द्वार पर
स्वप्न को निहार कर–हम अकेले हैं खड़े
    धूप रात बन गई
    देह रही अनछुई
    साँस-साँस दर्द ले
आँसुओं का अर्घ्य ले–हम अकेले हैं खड़े
रूप है, श्रृंगार है
प्यार, मनुहार है
शाखों ने रंग भरे
फूला कचनार है
अँजुरी में शीतल स्पर्श ले–हम अकेले हैं खड़े
    शीशे का महल है
    पत्थरों का ढेर है
    आया वसन्त किन्तु
    रिक्त खड़ा पेड़ है
व्यर्थता का बोध ले–हम अकेले हैं खड़े।

सिन्दूरी शाम

सिन्दूरी शाम
कर दी मेरे नाम–किसने
सूरज का दीप
चन्दा–सा रूप
देख–लगा बुझने।
रंगभरी रात
लेकर मधु बान
उतरी–बन सपने।
स्वप्न परी साथ
नीलकमल सात
लाई–घर अपने।
सतरंगा प्यार
लाया मनुहार
गोरी लगी–सजने।

तुम न आए

चाँदनी की नदी बह रही रात-भर
रूप-सागर खड़ा देखता ही रहा।
    तुम न आए, बुझा दीप जलता हुआ
    तुम न आए, छुपा चाँद ढलता हुआ,
रात की हर अदा मूक होती रही
दर्द गाता हुआ देखता ही रहा।
    वेदना से जो फूटा वही गीत है
    प्रीत-केसर खिलाए वह संगीत है
झर रही किन्नरी है नए राग की
तार टूटा रहा, साज बजता रहा।
    घन की चूड़ी खनकती रही रात-भर
    पग की पायल छनकती रही रात-भर
फूल झरते रहे बिन खिले डाल पर
नेह भीगा हुआ मन मचलता रहा।
    धर्म से भी बड़ा यह मेरा प्यार है
    चाँदनी से सजा स्वप्न संसार है
तुम न आए तो सपने बिखरने लगे
राह चलती रही, द्वार छलता रहा।
    प्रीति-गीति किए मैं रही रात-भर
    नेह-रीति लिए मैं जगी रात-भर
तुम न आए तो टूटा सितारा कोई
साधना का दिया किन्तु जलता रहा।

गाँव की इस झील में

धूप की उतरी परी है
गाँव की इस झील में।
स्वर्ण-तारों का सुनहला
चीर, ले इस झील में।
रूपगन्धा-सी खिली कलिका
कमल की, झील में।
देखता आकाश मुखड़ा
बन क्षितिज इस झील में।
प्रार्थना बन ओस बूँदें
हैं सिमटती झील में।
रोटियों-से गिर रहे पत्ते
तवे-सी झील में।
सेंकती है आग सूरज की
इन्हें इस झील में।
सीप, घोंघे और मछली
सब समाहित झील में।
रेशमी राहों-सी आईं
स्वर्ण-किरणें झील में।

रेशमी नशा

चाँदनी में नहा आए तुम
चाँद मुझसे ख़फा हो गया।
फूल झरने लगे नीम के
सावनी यह समाँ हो गया।
घन के गेसू बिखरने लगे
आसमाँ कहकशाँ हो गया।
गीत ने रंग फैला दिए
राग मेरा जवाँ हो गया।
यह फ़िज़ाँ रात की कह रही
दर्द मेरा फुगाँ हो गया।
वर्तिका जल रही रात-भर
आरती का दिया खो गया।
रात की घाटियों में उतर
चाँद जाने कहाँ खो गया।
तूने धीरे से मुझको छुआ
रेशमी यह नशा हो गया।

बोलो मछ्ली, कितना पानी

हरा समुन्दर गोपीचन्दर
बोलो मछली कितना पानी
    रेत पियासा, नदी उदास
    सात समुन्दर की है आस
    कितनी दूरी, कितने पास
    बूझ रहा वह, जो है ज्ञानी।
भीतर डूबे मूँगे मोती
बाहर भीतर एक ही जोति
बाहर दीखे केवल पानी।
    सोने-सी यह रेशम काया
    डाल रही है कैसी माया
    कहीं पर धूप, कहीं है छाया
    करता रहता है मनमानी
सोन चिरैया चली उदास
जीवन में अब किसकी आस
नहीं रहा कोई उल्लास
    अब तक कैसे रही अजानी
    बोलो मछली कितना पानी

रात महकती बेला-सी है

केसर रंग रंगा यह दिन है
साँझ सिमटते मेला-सी है
रात महकती बेला-सी है।
    आँचल में भर स्वप्न सजीले
    सुधा-कलश के हाथों में
    चाँद सितारों की चुनरी ले,
हाव भाव और हेला-सी है
रात महकती बेला-सी है।
    विभावरी का रूप निखरता
    कलियों का है स्वप्न सिहरता
    गंगाजल से मुखड़ा धोकर
उतर रही जल रेला-सी है
रात महकती बेला-सी है।
    कर सिंगार वह मिलने आई
    चाँदी-सी उसकी परछाई
    धरती के प्राणों पर छाई
घन बिजली के खेला-सी है
रात महकती बेला-सी है।

चाहता है मन मेरा

चाहता है मन मेरा फैले हुए आकाश को
    बाँह में भर लूँ।
खुल रहा है ताल-सा
आकाश का दर्पण
झाँकती हैं तारिकाएँ
खोल वातायन।
चाहता है मन मेरा आकाशगंगा में उतर
    अँजुरी भर लूँ।
इन्द्रधनुषी स्वप्न सुन्दर
कल्पना की डोर पर चढ़
आ गए
स्वप्न परियों का सन्देशा
भर पिटारे, आ गए
चाहता है मन मेरा, नीलकुसुमों से
    सुगन्धित, प्राण को कर लूँ
भाव हैं सुन्दर सजीले, भा गए
गीत भी मेरे हठीले, छा गए।
चाहता है मन मेरा, चाँदनी के पंख खोलूँ
चाँद का शृंगार करके गीत में धर लूँ।

मोर पंखी दिन हमारे

मोर पंखी दिन हमारे।
रात की तनहाइयों में जाके चुपचाप सो गए।
ढूँढती सूरज की किरणें, चाँदनी बन रात में
इन्द्रधनुषी रंग हो गए रजतवर्णी, रात में
लाल, उजली मालती के फूल खिल
    तरुणाइयों के बीज सुन्दर बो गए।
चाँद का उजला दुपट्टा ढल रहा आकाश से
बह रही दक्षिण हवा, चन्दन सुगन्धित रात में।
रूप का सागर मचलता।
ज्वार उठ गहराइयों में
नाव अपनी ले गए।
कह रही चारों दिशाएँ
दिवस की अन्तर्व्यथा।
नखत की चुनरी समेटे
रात रानी की कथा।
तारकों के रूप कोंपल में, सिमटे दिन
भोर की परछाइयों से हो गए।

नयनों के दीप जले

नयनों के दीप जले
नयन-दीप, नेह-स्नेह गीतों की बाती
मन के उजाले में उजियाली आती
जलने में सुख ही सुख कहती मुसकाती
फैलती, बिखरती यह उजियाली भाती
सुधियों के साए में
सपनों के मीत मिले।
अम्बर है नीलम तो हीरे हैं तारे
धरती के आँगन में दीप जलें सारे
दीपित है दिग-दिगन्त, बादल बनजारे
ज्योतिकलश देख-देख हारे अँधियारे
मन के समुन्दर में
प्राण-पुष्प कमल खिले।
चाँदनी है, आँखों में दीपक जलाती
साँसों की डोर पर पुरवाई आती
बेसुध हुई है रात, सुधियाँ जगाती
आई है दिवाली, लिए दीपबाती
दीपों के जगमग में
प्राणों से प्राण मिले।

पद्म केसर हवा

पद्म केसर हवा बह रही ताल पर
सूर्य किरणें हुलस कर वहाँ आ गईं।
रंगकेसर-सी उतरी परी धूप की
भोर की बाँह का ले सहारा हँसी।
जन हुआ था गगन बैंजनी रंग का
एक गहरी खनक-सी किरण आ गई।
खुल गई गाँठ फूलों की, वृन्तों बँधी
रंग की निर्झरी तक समा ही गई
पंख फैलाए आए विहग झुण्ड में।
फूल के संग कली भी बिहँसने लगी।
पाँव में है रचाए महावर कली
लाल हो लाज से पँखुड़ी खिल गई
रूप भीगा तुम्हारा दिखा भोर में
रुत बसन्ती धरा को सजा ही गई।

तुम चिरन्तन प्यास दे दो

अर्थ शोभित कोष ही में
शब्द मेरे पास दे दो
तुम मेरा मधुमास दे दो।
    शब्द का वरदान है तो
    रूप है, रस-गन्ध है
    यह नहीं जब पास में है
    भाव-कलिका बन्द है
    भावना को रूप देने का
    तनिक अभ्यास दे दो।
शब्द की महिमा न जानो
यह बड़ा आश्चर्य है।
अर्थ सोया शब्द ही में
भाव भी सौकुमार्य में
रूप दे दो, शिल्प दे दो
शब्द का विन्यास दे दो।
    शब्द से ही धूप खिलती
    चाँद मुसकाता गगन का
    शब्द के अन्दर निहित है
    सत्य, शिव, सुन्दर भुवन का
शब्द की धारा बहा कर
तुम चिरन्तन प्यास दे दो।

आलोक वर्षा

चलो हम आज इक दीपक्‍ जलाएँ इन अँधेरों में
कि रोशन हो सके इस गाँव का हर पेड़ हर पत्ता।
सियाही घुल रही है आज मौसम के बगीचे में।
कि फूलों पर पड़ा पाला वे सोए आँख मीचे हैं।
चलो हम आज उनकी आँख खोलें इन अँधेरों में
कि बिखरे सूर्य की लाली, खिले हर पेड़ हर पत्ता।
जला दो इस अँधेरे को जो फैला है बियावाँ-सा
कि फैला दो रंगोली सात रंगों की दरीचों पर।
अँधेरा चीर कर आए, नए इक तीर-सा आए
कि घर-घर जगमगाए हर दिया हर पेड़ हर पत्ता।
उजाले छिप गए हैं आज आँचल में अँधेरों के
कि उनको खींच कर लाएँ बिखेरें आज घर-घर में
कि फैले चाँदनी बिखरे किरण, लहराए हर पत्ता।
जुगनुओं को बिखेरें या कि दीपक किरण-कण डाले
कि हो आलोक की वर्षा, हम ऐसे गीत रच डालें।
कि रश्मि-डोर में बँध बिहँसे हर पेड़ हर पत्ता।

पर्यावरण रक्षा

कट रहे हैं वृक्ष सारे
फैलती दूषित हवा।
साँस में है ज़हर घुलता
घिर रहा काला धुआँ।
प्राण-वायु रुक रहा है
विश्व सारा जल रहा है।
बादलों पर पंख फैलाए हुए
यह एक चिड़िया,
आँख में ले अश्रु-लड़ियाँ
    कह रही है-
रोक लो पेड़ों का कटना
कर लो पर्यावरण-रक्षा।

निभाया नही

तुम गए तो गया स्वर्ग, मैं रह गई,
मौन को तो मुखर होना आया नहीं।
ज़िन्दगी है बँधी साँसों का सिलसिला
प्राणों के राग को यह सुहाया नहीं।
न तुम हो तो जीवन है सूनी डगर
है न राही कोई, कोई छाया नहीं।
प्यार की ले अगन हम पुकारा किए
नाम तेरा, कोई पास आया नहीं।
दर्द की घाटियाँ और, भटकती रही,
है यह लम्बा सफ़र, साथ पाया नहीं।
लीपी थी चाँद ने चाँदनी से डगर
मन की अग्नि को उसने बुझाया नहीं।
हम तो कठपुतली बन कर नाचा किए
तुमने संकेत देकर निभाया नहीं।
आज जाना यही, तुम थे मेरे नहीं,
फिर रिश्ता क्यों तुमने मिटाया नहीं।
तुम्हीं तो बसे थे मेरी साँसों में,
मेरी यादों में कोई आया नहीं।
राग सुनती रही रस से भीगे मगर
तार मन का, तुम्हीं ने सजाया नहीं।

चाँदनी बहने लगी बन कर नदी

रात की बाँहों में उतरा पंचमी का चाँद,
चाँदनी बहने लगी बन कर नदी।
वह नदी, जिसके किनारे रेत का है सिलसिला
वह नदी, जिसको किसी से है नहीं कोई गिला।
बह चली हँसती हुई लेकर दूधीली धार वह
आँसुओं के भार से है वह लदी।
राम का काजल उसे है घेरता शबनम तले
बह रही है चाँदनी कि गोद में मावस पले।
तब खिलेगा रूप पूनम का उजीली रात में
वह बढ़ी ज्यों गीत की कोमल कड़ी।
एक तारा रोकता पथ, देखकर आकाश से
पर नहीं रुकती कहीं भी वह बँधी है पाश से।
चल पड़ी सागर से मिलने के लिए, वह मनचली
रुक नहीं सकती, रुके पूरी सदी।

मन रहा निर्गुणी

रूप की धूप फैली तुम्हारे जहाँ
एक कलिका खिली, तन चमन हो गया।
दृष्टि डाली जहाँ तुमने अपनी मधुर
एक सृष्टि बनी, मन गगन हो गया
फूल बनकर खिले तुम, गुँथे केश में
महकी धरती तो बन नन्दन हो गया।
तुम उतर आए गंगा की धारा बने
मन रहा निर्गुणी, तन सगुन हो गया।

चाँदनी लेती विराम

चाँदनी लेती विराम
चलो चलें सपनों में।
सपने, जो आँखों की पलकों पर सोए थे।
जीवन की हलचल से दूर, कहीं खोए थे।
सुख के थे मीत वही, सुन्दर संगीत वही
मधुरिम आकाश के कोजागरी के दीप वही।
कैसी रंगीली शाम
लाए हैं नयनों में।
तिथियों ने दिए हमें लेखा-पत्र प्यार के
शब्द-शब्द अर्थ लिए प्यारे, मनुहार के
भाषा की अलगनी पर अर्थ नए हो गए
सूरज के सातों रंग किरणों में खो गए।
शब्दों का सूर्य खिला
विहानों में।
गीतों की मीनारें किरण स्नात हो गईं
रंगभरी वसुन्धरा झीना ज़ाल बुन रही
वेदना की रेखा-सी फैलती नहीं रही
आँक चाँदनी का मोल मालती खड़ी रही।
आई है रात मधुर
खनक लिए कँगनों में।

ज़िन्दगी मेरी हुई वनवास जैसी

ज़िन्दगी मेरी हुई वनवास जैसी
और मेरा मन अकेला हो गया है।
रेत से सुख झर रहे हैं हाथ से,
दर्द की राहों का फैला सिलसिला।
आँख से आँसू के मोती गिर रहे
बढ़ गया है तेरा मेरा फासला।
ज़िन्दगी मेरी हुई इक प्यास जैसी
और तपता तन अकेला हो गया है।
स्वप्न के आकाश में भटका किए हम,
रेत पर खींचा किए थे हम लकीरें।
जल रही है ज़िन्दगी की राह मेरी,
जल रहा स्वप्निल गगन भी धीरे-धीरे।
ज़िन्दगी मेरी हुई मृगआस जैसी
और घिरता घन अकेला हो गया है।
संयमित अब हो गए हैं शब्द मेरे,
गीत मेरे आँधियों में खो गए हैं।
दाँव पर मैंने लगा दी ज़िन्दगी,
आस्था, विश्वास मेरे सो गए हैं।
ज़िन्दगी मेरी हुई संन्यास जैसी
और संवेदन अकेला हो गया है।

रूप की धूप

रूप की धूप फैली तुम्हारी जहाँ
एक कलिका खिली
तन चमन हो गया।
दृष्टि डाली जहाँ तुमने अपनी मधुर
एक सृष्टि बनी
मन गगन हो गया।
फूल बन कर खिले तुम गूँथे केश में
महकी धरती तो
वन मगन हो गया।
तुम उतर आए गंगा की धारा बन
मन रहा निर्गुणी
तन सगुण हो गया
तुम आए तो गीतों में छा गए हो
छन्द हँसने लगे
है सपन मिल गया।
जो न होता तेरा साथ, सूनी डगर
काटना था कठिन
पर सजन मिल गया।

मौसम का जादूगर

मौसम का जादूगर खेले
पेड़ों, पत्तों, पर्वत से।
सर्पीली राहें जाती हैं
मिलने अपनी मंज़िल से।
देख रही मैं निर्निमेष हो
देवदारु के वृक्ष हरे
धरती के आँगन में जैसे
पहरेदार अनेक खड़े।
पर्वत के ऊँचे शिखरों पर
बरफों की है परत जमी।
सूरज की सतरंगी किरणें
भरती आकर मणी-कणी।
फूट रहे झरने पर्वत से
चाँदी-सी जल की धारा
मन्दाकिनी की सिकता राशि
लाई सोने की आभा
खग-कूँजन से गूँज रहा वन
शोभित बाँज़ बुरूँशों से।
भरें कुलाँचें नीले नभ में
मेघ बने मृग के छौने
झाँक रहे हिममण्डित पर्वत
चंचल जल में बन बौने।
मौसम का जादूगर भरता
रंग अनेक कमल दल से।

मेरा उत्तर

सन्देशवाही मेघ नहीं, गन्धवाही पवन नहीं
नहीं है आषाढ़स्य प्रथम दिवस की
वह श्यामल घटा।
किन्तु यक्षप्रिया की प्रतीक्षारत
आँखों की तरह
क्या मेरी आँखों की भाषा नहीं है
क्या तुम्हारी विरह से व्यथित, कातर
मेरी दृष्टि नहीं है
कौंधती हुई विद्युत्प्रभा-सी
क्या मेरी आँखों की चमक
तुमसे छुपी हुई है
यह विरह जो प्रत्यक्ष का है
यह सन्देश जो प्रस्तुत के प्रति है
आवश्यकता है इसके लिए दूत की
दूत कौन—पवनदूत, मेघदूत
हंसदूत, भ्रमरदूत
नहीं-नहीं मात्र एक छोटी-सी
स्नेहमयी दृष्टि ही
छू लेगी प्रस्तुत के लहराते
आँचल को घेर लेगी।
तिरते हुए सपनों को
भर लेगी मदिर गन्ध साँसों में।

छोड़ो परिवेशगत ओढ़ी हुई वंचना को।
मुक्त करो प्राणों को
थोथे आदर्शों को झूठी इस यन्त्रणा से।
भर लो तुम अँजुरी में
कुटज पुष्प, मलयज शीतल समीर।
बहने दो प्राणों की शिप्रा को बूँद-बूँद
फैलाओ बाँहों के विस्तृत आकाश को
संयम की महिमा के गीत अब पुराने हैं।
क्षण-भर असंयमित प्राणों को होने दो।

शकुन्तला के प्रति

ओ तापसी शकुन्तला!
तुम पूज्या हो।
दुष्यन्त की परिवर्तित दृष्टि का दंश,
उसकी अवहेलना
सभी सही तुमने।
तुम तो प्रतीक्षा करती रही उस क्षण की
जब कोई मछुआरा, मत्स्य के गर्भ से
लाएगा वह राजमुद्रिका और
दुष्यन्त तुम्हें स्वीकारेगा।
वह दुष्यन्त, जो मधुस्नाता का प्रेमी है
मधुगर्भा का नहीं,
फिर भी
तुम प्रतीक्षा करती रही।
तुम धन्य हो शकुन्तला। साथ ही
धन्य है वह कवि
जिसने रसलोलुप दुष्यन्त को
दुर्वासा शाप की कल्पना कर
उदात्त रूप दे दिया।
और
तुम इसी की प्रतीक्षा में तापसी बनी।
किन्तु अरी ओ तपस्विनी!
ये तो बीते युग की बातें हैं।

मैं तो इस युग की हूँ।
अधिकार सजग हूँ। अतः त्याज्य है दुष्यन्त मुझे–
जो भीरू है, कदर्थ है
वंचना की मूर्ति है वह। आश्रम की
पूत ऋचाओं को मलिन करने वाला है।
अनाघ्रात पुष्प को रौंदने वाला है।
मेरा तो इष्ट वही कृष्ण है
गीता का नहीं। गोकुल का।
प्रेमी है। राजा नहीं।
लोभी नहीं सिंहासन का।
बाँसुरी की धुन पर रास रचाने वाला है।
ओ मुनिकन्या, ओ पावनमुखी,
मैं तो उस कान्हा पर
सौ–सौ दुष्यन्त को बार–बार वार सकती हूँ
आमरण उसकी प्रतीक्षा कर सकती हूँ।

एक कली

मेरे आँगन में एक कली चिटकी थी।
धूप के पहले स्पर्श से
गमलों की कतारों में
पौधों के मेलों में
बस, एक कली चिटकी थी।
बे-मौसम बरसात में,
जब सारे पौधे पीले पड़ गए थे।
दाग भरे पत्तों के बीच
सुबह-सुबह एक कली चिटकी थी।
चकित हो मैं देखती रह गई
वह छोटी-सी कली,
छतनार पौधों के बीच छिपी।
अपनी स्वर्णिम हँसी
बिखेर गई
जाड़े की ठण्डक में
असमय बरसात में
अपनी जिजीविषा उकेर गई।

धूप

एक लम्बे अन्तराल के बाद
आज धूप खिली है।
सोने-सी धूप चमकीली है।
स्निग्ध गरमाहट लिए आई है
रेशमी स्पर्श-सी चारों ओर छायी है।
फूलों के होंठों को चूम चली आई है।
गाल पर गुलाब के लाली बन छाई है।
सतरंगी आभा बिखेर मन भायी है।
सोने-सी धूप आज अमृत घट लाई है।

खो जाती है रात

काली बूढ़ी रात
कटोरा लिए चाँद का स्वप्न चुनने के लिए आई है–
धरती पर।
चाँदनी का झरना बह गया है।
पिघल कर।
रात बूढ़ी हो गई है।
चाँदनी के जाने से काली भी हो गई है।
तभी, आता है बावरा अहेरी।
भोर का।
ढूँढता है काली रात को।
दुबकी बैठी है रात।
बावरा अहेरी मोल आँकता है उसका
सोने का ढेर लगाता है, सजाता है किरणों की हाट।
किन्तु
स्नेह नहीं।
केवल है सोने का ढेर।
हेर कर किरणों की हाट
छिपाती है रात।
काला मुख, खो जाती है आकाश की नीली झील में।

कैक्टस

मैंने अपनी खिड़की पर
कैक्टस के गमलों की कतार सजाई है।
ये कैक्टस, काँटेदार कैक्टस
क्या जीवन की कुरूपता के मानक हैं?
यह सही है इनमें गुलाब की कोमलता नहीं है
नहीं है जूही के फूलों की सुगन्ध, किन्तु
उनके नुकीले काँटों में, टेढ़े-मेढ़े पत्तों में,
उनकी व्यथा अंकित है।
वह व्यथा, जहाँ सौन्दर्य अव्यक्त है।
वह व्यथा, जहाँ जीवन का सत्य निहित है।
परीक्षक की दृष्टि न रक्खें आप।
तन से वह रूखा है पर मन से करुणार्द्र है।
उसके उभरे शूल रक्षक हैं फूलों के।
मरुथल में जन्मा है।
कटुता ले कर नहीं अनकहा दर्द ले कर।
लोगों की अवमानना सही इसने लेकिन
भीतर का करुण गीला भाव इसका
फूटता है लाल-लाल फूलों में।
और तब
अपने रक्त से सने फूलों में
सारा दर्द उँडेल देता है।

वात्याचक्र

यह वात्याचक्र
तेजी से चक्कर काटता है
घूमता हुआ मेरा मन रूपी पत्र
उठता जाता है
आकाश की ओर।
मन बार-बार धरती के आँचल को छूने को
व्याकुल होता है।
लेकिन काला बवण्डर
गर्द और गुबार बिखेरता हुआ
मेरी चेतना को हरता हुआ
लिए जाता है ऊपर
शून्य में।
अन्नमय अवनि छूटती जाती है
प्राणमय सम्बन्ध टूटते जाते हैं।
मिथ्या तो नहीं यह जगत जाल/गली/कूचे
चौराहे—सभी तो यथार्थ हैं।
क्योंकि
इन्हें हम छूते हैं, महसूस करते हैं।
फिर भी—वात्याचक्र
यह काल का।
अपने उद्याम वेग से
यथार्थ से दूर, गन्ध-स्पर्श से दूर

लिए जाता है—वायवीयता की ओर।
मेरे मन के नन्हें से पत्र को।
छूटती जाती है धरती फूलों वाली।
छूटती जाती है धरती रूपों वाली।
जहाँ इच्छाओं के, कामनाओं के गुलमुहर फूले हैं।
यह धरती ही यथार्थ है—यहाँ
मेरे पाँव टिके रहते हैं।
यह धरती ठोस है, जहाँ भावनाओं को रूप मिला करता है।
ऊपर उठता हुआ मन कातर होकर पुकारता है—
ओ धरती! तुम शरण दोगी नहीं
तुम्हारा नन्हा-सा शिशुपत्र।
काले बवण्डर में घिरा हुआ तुमसे शरण माँगता है।

कहो तो

शव-साधना करने आए हो।
मेरे मन के शव में इच्छा–मन्त्रोच्चार से,
अपने क्रिया-कलापों द्वारा
प्राण संचरित करना चाहते हो
अपने मोहपाश में बाँधकर, सम्मोहित कर,
तुम क्या पाना चाहते हो
कहो तो!
मन का पाखी अपनी सारी संवेदनाएँ
खो चुका है–तन की राख के भीतर।
वह मरणोन्मुख है। साँसों की डोर भी टूट रही है।
शेष रह गई है अतृप्त इच्छाओं की धूलि।
अब
मृतप्राय: इस जीवन से तुम
क्या पाना चाहते हो
कहो तो!

प्रतीक्षा

एक अन्तहीन प्रतीक्षा नियति है मेरी।
उबाऊ दिन। पल-पल छीजता जीवन।
मैं सपनों की आँखों से
बाट जोहती हूँ सूरज की।
प्रतिक्षण, प्रतिपल, प्रतिदिन
आशा की डोर थामे बैठी हूँ।
यातना से भरी ज़िन्दगी
प्रतीक्षा की संजीवनी पाती है
और जिये जाती है।
कब आएगा वह सूरज
जिसकी प्रकाश-किरणें
मेरे छीजते जीवन
पर उजाला बिखेर देंगी
आलोक वर्षा से, इन्द्रधनुषी रंग से
लौटा देंगी मेरे सुनहले दिन,
सपनीली रातें।

ऋतु चक्र

घूमता है ऋतु चक्र।
सपनों का संसार
यथार्थ की धरती का सहारा लेता है।
परिवेश के बदलने से
बदलते हैं जीवन के क्षण,
नष्ट होती हैं आस्थाएँ
डूबते हैं विश्वास के स्वर।
फिर भी देखो ना
घूमता रहता है
अबाध गति से यह
ऋतु चक्र।
चट्टान पर अनुभव की
अगणित रेखाएँ
सिमटतीं, सिकुड़तीं
जीवन के खट्टे-मीठे सत्य को
स्वीकारती हैं।
आदर्श के झीने अवगुण्ठन को चीर कर
यथार्थ के ठोस धरातल पर
पाँव टेकती हैं।
त्रास, कुण्ठा आदि शब्द
अर्थ की निरर्थकता के द्योतक हैं
सत्य के 'हिरण्यमय मुख' को

छिपाए
हमें बरगलाते हैं, अशान्त करते हैं
कहाँ है भय, कहाँ है कुण्ठा का गुंजलक
आशा का दीपक यदि जलता है
मन के निभ्रान्त एकान्त में।
ये शब्द अर्थहीन रह जाते हैं।
पत्थर के खुरदुरेपन में
कैक्टस के काँटों में
सौन्दर्य ढूँढते समय भी ये शब्द अपनी
अर्थवत्ता खो बैठते हैं।
भले ही सौन्दर्य के प्रतिमान नहीं हैं
कैक्टस और पत्थर।
किन्तु त्रासदायक तो नहीं हैं न फिर
ये कोरे अर्थहीन शब्द
क्या मन को मथ पाते हैं,
आन्दोलित कर पाते हैं,
नहीं-नहीं
ये तो मात्र परिवेश की निरर्थकता के मानक हैं
जीवन के रस के वाहक नहीं।
खीझ, ऊब पैदा करने वाले इन शब्दों को
कोष में ही रहने दो।
समय की गति बदलती है।
सब-कुछ बदलता है।
भावनाएँ, इच्छाएँ, कामनाएँ बदलती हैं।
किन्तु
इसी प्रकार निश्चित गति से
घूमता है ऋतु चक्र।

लकीरें रेत पर

दूर तक फैला हुआ अथाह सागर
अवरुद्ध कण्ठ से, पुकारता है किनारे को।
सफ़ेद झाग से भर जाता है क्लान्त मुख सागर का।
दूर तक फैला रेतीला किनारा
सुनता है क्रन्दन सागर का।
खुले आकाश को निहार कर
मौन रह जाता है।
सूखी धरती–अब हँसती नहीं है।
ठहाका मारती नहीं है।
मैं समुन्दर के किनारे बैठी,
रेत पर लकीरें खींचती हूँ।
व्याकुल होकर समुन्दर का ज्वार
आता है मेरी तरह
किनारे को छूता है अपनी तरह।
बहा ले जाता है लकीरों को,
मेरी खींची हुई लकीरों को।
मैं असहाय, विवश रह जाती हूँ।
आकाश से बूँद-बूँद बरसता चाँद
देखता है मेरी विवशता।
ताकता है आकाश के वातायन से
मेरे मन में, जिसमें स्मृतियाँ
प्रेम की। रख छोड़ी थीं मैंने।

मैं आज,
चाहती हूँ वे क्षण लौटें,
जिनमें सँजोए थे सपने
जिनमें थे रंग, कल्पना के पंचशर,
थी मिलनेच्छा की तीव्रता,
चाहती हूँ खींच लाऊँ इन्हें
अतीत के गह्वर से।
दे दूँ हहरते समुन्दर को,
अरे ओ सागर,
खोल मन के द्वार, भर लें स्मृतियाँ
प्रेम की, क्षणांश के मिलन की
तेरे पार्श्व में ही तो सोया है किनारा।
देख मेरी ओर।
विगत प्रेम की स्मृतियों का पाथेय लेकर
जी रही हूँ–उमर का प्याला पी रही हूँ। और
खींच रही हूँ लकीरें रेत पर।

जिजीविषा

जंगल में आग है।
किन्तु
पर्वत के शिखरों पर
पेड़ों के शिखरों पर
पेड़ों के बाग हैं।
एक अदम्य जिजीविषा है,
उत्कट अभिलाषा है।
यही तो
जीवन की नई देख भाषा है।
ताप है आग में। लेकिन
नई लाली है।
आगत मधुमास की
भरी हुई प्याली है।
क्षणिक यह अवसाद
लाया है नई आस
भरता है जीवन में
यौवन का हर्षोल्लास।
पेड़ों का,
पर्वत का फैला जो बाग है
लाया है
नई सृष्टि और
नूतन उजास।

कहाँ है मेरा गाँव

मेरा गाँव।
आज मकानों के जंगल में तब्दील हो गया है।
मैंने अपने गाँव को
धीरे-धीरे बदलते देखा है।
मेरे गाँव की सड़क के दोनों ओर बगीचे थे।
गाँव वाले उसे दुबगलियाँ 'गाछा' कहते थे।
बगीचे में ढेर सारे पेड़ थे।
एक पेड़ था 'हरफरौरी' का
छोटे-छोटे, खट्ठे-मीठे फलों से लदी रहती थीं डालें।
एक पेड़ था 'पनियल्ला' का
उसके कत्थई रंग के फल बड़े रसीले थे।
हथेली पर रखकर दबा देने से रस भर जाता था।
मिठास बढ़ जाती थी।
एक पेड़ था 'कमरख' का।
गाँव वाले उसे 'चरफक्का' कहते थे।
एक पेड़ था 'खिरनी' का
उसके पीले फलों के काले बीज
खन-खन करते थे।
ख़रीद लिया बगीचे को उन लोगों ने
जिन्हें 'बिल्डर्स' कहते हैं।
बनाया एक से एक मकान, मंज़िल
फर्शवाले, संगमरमर के टाइल्स वाले।

चौड़ी-चौड़ी सड़कों से पाट दिया
पगडण्डियों को, बगीचों को, खेतों को।
मकानों का जंगल उग आया है गाँव में
कॉलौनियाँ बन गई हैं यहाँ
रेत, सीमेण्ट, छड़ से अटी पड़ी हैं सारी जगहें
खेत, खलिहान और बगीचे
सुना है कॉलौनियों में बड़े-बड़े लोग रहते हैं।
उनके गराज़ों में नए-नए मॉडल की कारें हैं
दरवाज़े पर सन्तरी हैं
कुत्तों की फौज़ है।
अलसेशियन, डाबरमैन, बुल्डॉग जाति के हैं वे।
भौंकने से उनके, काँप जाते हैं गली-कूचे।
सिहर जाती हैं झोंपड़ियाँ
सुना है
गमलों में किसिम-किसिम के फूल हैं,
माली इन्हें सींच कर जीवित रखता है
लेकिन,
कहाँ है वह जीवन देने वाली हरियाली
कहाँ हैं फूलों से लदी डालियों वाले-
कचनार, अमलतास और गुलमुहर के पेड़
कहाँ खो गया आम का बौराया पेड़
उस पर झूला झूलने वाले बच्चे
कहाँ है 'हरफरौरी', 'खिरनी', 'कमरख' का मीठा स्वाद-
जो आज भी मेरी जिह्वा पर मौजूद है
कहाँ हैं 'गाछी' में घूमने वाले अधनंगे बच्चे
लकड़ियाँ बीनती लड़कियाँ
आती थी जिनके बदन से माटी की सुगन्ध
कहाँ है रखवाले की आँख बचाकर फल
तोड़ने वाले बच्चों का झुण्ड
कहाँ है कज़री का गीत

सावन का संगीत
कहाँ गए कीर्तनियाँ
मेरे घर के पूरब वाले दुर्गास्थान में
बैठकर ढोल-मंजीरे बजाने वाले, भजन गाने वाले।
अब तो वहाँ भी 'म्यूज़िक-सिस्टम' पर
तरह-तरह के भजन बजते हैं,
फिल्मी धुनों वाले
लाउडस्पीकर से मन्त्र सुनाई देते हैं।
खो गया है गाँव
खो गई चतुर्दिक फैली हरियाली।
खो गई हरी घास पर फैली ओस की बूँदें।
खो गए उ[illegible] पर चलते पाँव
कट गए सारे पेड़
बचा है एक अनुपयोगी पीपल-वृक्ष
इतिहास हो गए हैं सारे पेड़, उनके फल।
इनका नाम भी नहीं जानेगी आने वाली पीढ़ी
मेरा गाँव भी इतिहास हो जाएगा।
रह जाएगा शेष-मकानों का जंगल।
मैं,
गाँव को धीरे-धीरे मरते देख रही हूँ।
सूनी हैं मेड़ें खेतों की,
कोई चलता नहीं उन पर।
लहलहाती फसलें सूख गई हैं
नहीं रम्भाती गाएँ,
नहीं है सन्ध्या की लाली।
जब घर लौटती गायों के
खुरों से उड़ती थी धूल
वह गोधूलि-बेला भी नहीं है
नहीं है बिरहा का गीत,
नहीं है बाँसुरी का संगीत

अब तो मटमैली साँझ है
जिसके आँचल में है रात काली
जो मकानों के जंगल को
आच्छन्न कर लेती है।
मकान भूतों की तरह रात के अँधेरे में खड़े हैं।
मैं,
ढूँढ़ रही हूँ अपने गाँव को
मकानों के जंगल में।
बता सकेंगे आज
कहाँ है मेरा गाँव।

पिता के प्रति

ओ पिता,
आज आपका आशीर्वाद फलित हुआ है।
दिग्-दिगन्त तक व्याप्त हो
गया है वह आशीर्वचन
जब मैं छोटी थी, गोद में
उठाकर कहा था आपने–
मेरी बिटिया देश-देशान्तर में
ख्यात होगी।
इसकी प्रतिभा की किरणें
देश की परिधि से आगे
दूर-दूर तक जाएँगी और इसकी
मेधा का प्रकाश दिग्-दिगन्त तक फैलेगा।
पित:
आज आपकी यह नन्हीं बिटिया
बिना किसी बैसाखी के, खड़ी है
देशान्तर की सीमा पर।
उसे मिला है सम्मान
उसे मिला है वह सब-कुछ
जो आपने चाहा था।
बधाइयों का ताँता है
शुभाशंसाओं की भीड़ है
लेकिन उन सबके बीच

आपका आशीर्वचन उभरा है।
आशीर्वाद का कवच घेरे हुए
है मन को, मेरे तन को
मेरे हर कदम को।
सन्तुलित हूँ मैं, गद्‌गद्‌ हूँ मैं,
नत हूँ मैं।
पिता,
आपके चित्र के सम्मुख
अपनी सारी उपलब्धियाँ
अपना सारा ज्ञान लेकर।
यह तो आपका ही दाय है।
मेरी अँजुरी में भरा है
सम्मान का पत्र—जिसे मैं
आपके चरणों में,
निवेदित करती हूँ।

माँ

माँ,
तुम बहुत याद आती हो।
जब भी मैं उदास होती हूँ
तुम आकर बहला जाती हो।
तुम्हारी सफेद साड़ी का लाल किनारा
माथे पर सिन्दूर का बड़ा-सा टीका
तुम्हारे गोरे रंग को और उजला बना देता था
तुम्हारे छोटे-छोटे उजले पाँव
जिनमें लाल महावर रचा रहता था
नाक की सोने की कील, सीमन्त में
जगमगाती सिन्दूर की रेखा
आज भी मेरी आँखों के सामने झिलमिला रही है।
माँ,
तुम बहुत याद आती हो
मैं जब भी हताश होती हूँ
तुम आकर सहला जाती हो।
किचन में पकौड़ियाँ बनाती हुई तुम
बड़ी, पापड़, तिलौड़ियाँ बनाती हुई तुम
मर्तबान से मीठा अचार निकालती हुई तुम
उसे छूने पर
स्नेह सिक्त डाँट से दुलराती हुई तुम
माँ,

तुम बहुत याद आती हो
मैं जब भी निराश होती हूँ
तुम आकर दुलार जाती हो।
माँ,
तुम बहुत याद आती हो।

बेटी के प्रति

आज बहुत दिनों के बाद
तुम्हारा फोन आया है।
तुम्हारी मीठी आवाज़
घुँघरू-सी खनखनाती, तुम्हारी हँसी,
बहुत दिनों के बाद सुनी है मैंने।
मेरे मन में एक ही साथ
ढेर सारे फूल खिल गए।
मंजरित हो गया मन का कोना।
दबे पाँव, सकुचाती हुई
पंचमी की चाँदनी,
बिखर गई,
मन के आकाश में।
अँजुरी भर चाँदनी पी ली मैंने।
चाँदनी, तुम्हारी हँसी-सी उज्ज्वल दिखी।
चाँदनी, तुम्हारे चेहरे-सी मीठी दिखी।
हर सिंगार-सी सुगन्धित तुम्हारी साँस
ओस बूँद की तरह कोमल तुम्हारी छुअन
याद आई मुझे।
याद आई मुझे तुम्हारी।
याद आई तुम
मेरे सीने से लिपट कर
आश्वस्ति की साँस लेती तुम याद आई।

तुम्हारे साथ बीते वर्षों का एक-एक क्षण
चित्र बन कर सम्मुख आ खड़ा हुआ है।
रसधार-सी झरती तुम्हारी बोली
नदी की तरह
स्नात कर गई मुझे
मेरी बेटी।

मैं कवि हूँ

मैंने आईने की धूल पोंछ दी है।
चमक उठा है आईना।
पड़ी थी धूल उस पर, सदियों की।
वर्षों की धूल से
मलिन हो गया था आईना
इतिहास का।
सभी जी रहे थे एक मृषा में, सदियों से।
काल-सूर्य का रथ दौड़ रहा था
टप्-टप्-टप् करता हुआ।
अधर से लटका हुआ था सत्य।
धनुष की टंकारों में युद्ध का नाद
गूँज रहा था। और
दिग्-दिगन्त हो रहा था लाल
शोणित के रंग से।
बोए गए थे
आतंक और घृणा के बीज।
बुद्धि स्वातन्त्र्य के नाम पर, संगठित होकर।
अजाधर्म विकसित किया गया था।
रूढ़ियों के जंगल उगाती संस्कृति और
डूबती हुई संवेदनाएँ
वामन बनाती गईं जन संकुल को।
अमृत के आकांक्षी, महत्त्वाकांक्षी असुर बन,

रक्तपात करके,
नन्दन-कानन को श्मशान बना बैठे थे।
सृष्टि-सुषमा को ध्वस्त कर
कुत्सित साम्राज्य सजा बैठे थे।
धरा,
प्लावित हो उठी थी भय के आँसुओं से।
नाश का रथ घर्घर नाद करता हुआ।
आता गया।
थम गया चेतना का स्वर।
पद लुण्ठित मानवता मूक हो गई।
फूँकार उठा था। काला नाग
साम्राज्यवाद का।
त्रस्त हो उठा था जनजीवन, हाँफता, काँपता
अश्रुपूरित ले नयन।
तभी
उच्छ्वसित हो उठा मेरा मन, चिर-दग्ध
दुखी मानवता को देखकर।
और
मैंने तोड़ डाले सर्प के विषदन्त,
रोक दिया नाश के रथ को,
जगा दी संवेदना मर्माहत मनों में।
तब,
कौंध गया त्वरित तड़ित-प्रकाश आँखों में।
सत्य की, अविश्रान्त लहर,
स्नात कर गई प्राणों को,
जगा गई सुषमा को,
फूँक गई श्वेत शंख लावण्य-शैल पर,
भावना मेरी।
क्योंकि
मैं कवि हूँ।

वाणी का वरदान लेकर आया हूँ।
सृजनकर्ता हूँ,
सत्य का अन्वेषक हूँ।
सत्य के द्वार खोल देता हूँ,
आईने की धूल पोंछ देता हूँ
क्योकि,
मैं कवि हूँ।

तुम्हारे जाने के बाद

तुम्हारे जाने के बाद
मेरे मन में दर्द की लहर उठी।
अब तक मैं तुम्हारा सामान पैक करती रही
किसी बैग में तुम्हारी किताबें,
किसी सूटकेस में तुम्हारे कपड़े।
सूटकेस की जेब में तुम्हारी चाबी,
तौलिया, साबुन सब रखती रही
एक व्यस्तता थी।
लेकिन तुम्हारे जाने के बाद
ज़िन्दगी में कोई उमंग नहीं, उत्साह नहीं,
नहीं है तुम्हारे कदमों की वह आहट
जो तूफान उठा देती थी।
नहीं है तुम्हारा वह कोमल स्पर्श
जो मेरे मन के समुन्दर में
ज्वार उठा देता था, ममता का।
काटता हुआ घर का कोना
सूनी पड़ी दीवारें
और उनसे टकरा कर गूँजती हुई आवाज़ों
की स्मृतियाँ।
तस्वीरों से झाँकता हुआ तुम्हारा
नर्म स्निग्ध चेहरा
मन को झकझोरता है,

व्याकुल करता है
अन्देशा भरता है।
बड़ा ही कठिन हो रहा है
तुम्हारी यादों के बीच रहना
तुम्हारे जाने के बाद मेरे बेटे।

•••